797,885 Books
are available to read at

Forgotten Books

www.ForgottenBooks.com

Forgotten Books' App
Available for mobile, tablet & eReader

ISBN 978-0-282-93975-5
PIBN 10377867

This book is a reproduction of an important historical work. Forgotten Books uses
state-of-the-art technology to digitally reconstruct the work, preserving the original format
whilst repairing imperfections present in the aged copy. In rare cases, an imperfection in
the original, such as a blemish or missing page, may be replicated in our edition. We do,
however, repair the vast majority of imperfections successfully; any imperfections that
remain are intentionally left to preserve the state of such historical works.

Forgotten Books is a registered trademark of FB &c Ltd.
Copyright © 2017 FB &c Ltd.
FB &c Ltd, Dalton House, 60 Windsor Avenue, London, SW19 2RR.
Company number 08720141. Registered in England and Wales.

For support please visit www.forgottenbooks.com

1 MONTH OF FREE READING

at

www.ForgottenBooks.com

By purchasing this book you are eligible for one month membership to ForgottenBooks.com, giving you unlimited access to our entire collection of over 700,000 titles via our web site and mobile apps.

To claim your free month visit:
www.forgottenbooks.com/free377867

* Offer is valid for 45 days from date of purchase. Terms and conditions apply.

English
Français
Deutsche
Italiano
Español
Português

www.forgottenbooks.com

Mythology Photography **Fiction**
Fishing Christianity **Art** Cooking
Essays Buddhism Freemasonry
Medicine **Biology** Music **Ancient
Egypt** Evolution Carpentry Physics
Dance Geology **Mathematics** Fitness
Shakespeare **Folklore** Yoga Marketing
Confidence Immortality Biographies
Poetry **Psychology** Witchcraft
Electronics Chemistry History **Law**
Accounting **Philosophy** Anthropology
Alchemy Drama Quantum Mechanics
Atheism Sexual Health **Ancient History**
Entrepreneurship Languages Sport
Paleontology Needlework Islam
Metaphysics Investment Archaeology
Parenting Statistics Criminology
Motivational

Un archéologue

Mou Tsoung [1]), noble Chinois, avait l'habitude de recevoir, dans son hôtel de Pékin, les hommes célèbres de son temps ; il lui semblait qu'un peu de leur gloire rejaillissait sur lui, pauvre riche, à qui le ciel n'avait donné que de l'argent et des ancêtres.

C'est pourquoi, dès qu'il connut le retour de Toung Tchi, l'archéologue qu'une brillante campagne scientifique, en Europe, venait d'illustrer, il lui écrivit une lettre de félicitation et le pria flatteusement à dîner.

---

[1]) Mou Tsoung signifie l'ancêtre vénérable ; Ta Tsing, la grande pure ; Toung Tchi, l'union dans l'ordre ; Nonang Ti, le brave empereur ; Kouang Siu, la continuation de la splendeur ; Sin Djen, l'homme spirituel.

A l'époque où cette histoire vraie se passe, les Chinois, malgré leurs vieux noms très expressifs, étaient absolument pareils aux anciens Européens dont ils avaient adopté, depuis longtemps, le costume, les mœurs, la politesse et même le franc comme unité monétaire, ce qui, d'ailleurs, ne les empêchait point d'être de véritables Chinois.

Celui-ci, heureux et fier d'être reçu dans une maison aristocratique, prit l'invitation pour un hommage et s'empressa d'accepter.

Au jour fixé, il sonna chez Mou Tsoung et fut introduit dans un vaste salon par un domestique en livrée, qui, avant de se retirer en silence, lui dit d'une voix indifférente : Veuillez prendre place. Il était là, depuis quelques minutes, debout devant une glace, ajustant sa barbe et ses cheveux, lorsque soudain, il perçut, le long du corridor voisin, le léger bruissement d'une soie froissée. Vite, il se mit à contempler avec attention une vieille peinture. La porte s'ouvrit ; Madame Ta Tsing, très gracieuse et très ondulante, le salua, s'excusa de l'avoir fait attendre, et tout en lui offrant un siège, annonça son mari, qui, d'ailleurs, ne tarda pas à paraître.

Le noble Chinois, dès son entrée, se précipita vers Toung Tchi, les mains tendues et récita les compliments d'usage ; de ses lèvres souriantes, il manifestait toute sa joie de le recevoir à sa table, lorsque le domestique annonça Monsieur Sin Djen. Immédiatement un petit homme fluet, un lorgnon sur le nez, entra. Il fit la révérence à la maîtresse puis au maître de la maison, et s'informa de leur santé. Mou Tsoung, les épaules penchées en avant, lui répondit : Merci, très bien et vous ? et sans écouter la réplique, le désignant d'un geste à l'archéologue, il débita cette phrase d'un ton cérémonieux : Monsieur Sin Djen, l'auteur des romans réalistes, qui, ces dernières années, vous le savez sans doute, ont provoqué tant de polémiques.

Toung Tchi et Sin Djen s'inclinèrent tous deux, les yeux mi-clos et murmurèrent : Très honoré de faire votre connaissance.

Presque au même instant, le valet introduisit Nonang Ti, critique à réputation de sceptique, ainsi que le bonze Kouang Siu, une des lumières de la mystique mondaine de Pékin.

Ces derniers, après l'échange liturgique des formules de politesse, furent présentés par Mou Tsoung, qui, suivant le rituel, psalmodia leurs noms et qualités. L'archéologue et les deux nouveaux venus s'inclinèrent, les yeux mi-clos et murmurèrent : Très honoré de faire votre connaissance.

L'office était terminé; tous s'assirent dans des fauteuils; Madame Ta Tsing et le bonze arrangèrent les plis de leur robe, tandis que les autres ramenèrent les pans de leur redingote sur leurs cuisses et croisèrent les jambes sans façon.

Kouang Siu demanda des nouvelles des enfants; Madame lui apprit qu'ils jouaient au jardin, avec leur bonne, qu'ils se portaient de mieux en mieux et qu'ils étaient très développés pour leur âge. Figurez-vous, disait-elle, que l'aîné le sent lui-même; l'autre jour, il nous a beaucoup amusés par cette réflexion : « Bébé est fort intelligent ».

Tous sourirent complaisamment, tandis que le critique grommelait : Il a dû l'entendre souvent cette phrase pour la répéter ainsi.

Ensuite, comme la conversation languissait, Mou Tsoung posa cette question à l'archéologue : Etes-vous encore fatigué de votre voyage ? Toung Tchi riposta : Oh ! non, je vous remercie ; il avait l'air de dire : On n'est pas fatigué pour si peu. Alors Mou Tsoung reprit : Les journaux ont parlé de vos découvertes, avec de grands éloges, mais contrairement à leur habitude, ils ont été sobres de détails. Pourtant, vous avez réussi au-delà de toute espérance dans vos fouilles en Occident ?

Toung Tchi, quoique beau phraseur, était modeste comme tous les vrais savants ; il ne parlait de ses études que lorsqu'il y était contraint ; il est vrai qu'il aimait à être contraint. C'est pourquoi, il fit une moue dédaigneuse en répondant : Si les journaux ont fourni peu de détails, c'est que, pour des raisons personnelles, j'ai gardé le secret de mes trouvailles ; je me réservais de prendre la parole devant l'Institut. En vain les journalistes m'ont assailli comme des mouches que l'on chasse et qui reviennent toujours, je les ai rabroués. Je craignais, ceci entre nous, les sottises qu'ils m'auraient prêtées.

Après avoir ri le premier et laissé rire les autres, il ajouta d'une voix pleine d'abandon ·

Cependant mes découvertes sont magnifiques ; ceux qui, demain, à l'Académie, entendront mon rapport, demeureront stupéfaits.

Qu'avez-vous donc trouvé ? demanda le bonze avec une curiosité féminine.

Toung Tchi, affectant une grande nonchalance, répartit :

— Tout ce que je suis à même de vous dire, c'est que, demain, les journaux sérieux publieront mon rapport; on en parlera, on le commentera, car mes découvertes, suivant l'expression normale et consacrée, projetteront des faisceaux de lumière éblouissante sur l'histoire de la France antique.

Chacun déclara qu'il se réjouissait d'entendre cette communication, et Mou Tsoung protesta qu'il ne voudrait pas, pour tout au monde, se montrer indiscret; mais, assurait-il, vous pourriez, sans manquer à la réserve voulue, nous renseigner sur les lieux que vous avez explorés; ce serait très intéressant, car tout ce qui touche à la science nous passionne; déjà, ce que vous avez laissé entrevoir nous a mis l'eau à la bouche, et vous seriez cruel de nous torturer d'impatience par votre mutisme.

L'archéologue, satisfait d'être ainsi contraint à parler, répondit : Oh! pour vous être agréable, je vous raconterai nos travaux préliminaires.

Tous tendirent les yeux et les oreilles. Toung Tchi se moucha discrètement, replia son mouchoir avec lenteur, comme s'il était seul chez lui, le passa deux fois sous son nez et, tout en l'insinuant dans sa poche, commença :

Nous avons fouillé, vous ne l'ignorez pas, l'emplacement d'une ancienne ville que nos ancêtres avaient détruite, il y a de cela bien longtemps. A ces mots, il étendit élégamment le bras vers Kouang Siu et poursuivit en souriant : Alors tous les Chinois portaient encore la queue et l'ample vêtement que vous, bonzes à l'esprit conservateur, et je dis cela à votre éloge, vous avez gardés jusqu'à ce jour. Il y a deux mille cinq cents ans, nos aïeux, alliés aux Japonais, avaient envahi l'Europe dont les peuples barbares menaçaient sans cesse notre pays. Ces blancs, aux yeux disgracieux, se défendirent courageusement; toutefois, ils furent incapables de résister à la force de notre puissante armée. Nos généraux, pour mettre un terme aux inquiétudes causées par ceux qu'on nommait, à cette époque, les diables d'Occident, recoururent à des moyens énergiques. Ils brûlèrent les villes et les villages, exterminèrent les habitants et rentrèrent en Chine, ne laissant là-bas que des légionnaires pour cultiver le sol.

Ceux-ci, loin de la métropole, sont demeurés pauvres. Ils retournent la terre qui les nourrit, et malgré les écoles que nous avons établies dans ces régions éloignées, ils vivent sans aucune préoccupation des choses passées.

Ici même, nous nous souvenions des triomphes de nos pères, oui, nous possédions quelques livres qui, dans les universités, nous permettaient l'étude des différentes langues européennes, c'est vrai, mais nous ne savions rien ou presque rien de l'antique monde occidental. Nous ne connaissions pas la civilisation des Européens d'autrefois, nous ignorions jusqu'à la place où s'élevaient, jadis, ces villes dont les habitants nous firent trembler. Mais, il y a dix ans, plusieurs savants refusèrent de se contenter des traditions sans cesse recopiées dans nos manuels classiques; ils conçurent le projet de rechercher les tombeaux de ces capitales pour ressusciter des secrets ensevelis depuis vingt-cinq siècles et rétablir l'histoire sur des bases inébranlables; ils avaient foi dans la science chinoise et contemporaine.

Cependant, malgré leurs efforts et leurs démarches, l'argent manquait toujours. Ils lancèrent une liste de souscription, sans annoncer que les noms des donateurs seraient publiés. Combien croyez-vous qu'ils recueillirent ? Presque rien. Pensez-vous que quelqu'un s'intéressait efficacement à cette entreprise ? Personne.

Mou Tsoung l'interrompit par ces mots de protestation : Ah ! pourtant..... Ainsi, moi, par exemple ! Tout ce qui touche à la science me passionne. Je voudrais pouvoir donner largement ; ce me serait un plaisir ; mais, vous le savez, quand on est père de famille, on ne peut pas jeter son argent par les fenêtres ; la vie, aujourd'hui, est si difficile, que même les millionnaires sont obligés de compter ! D'ailleurs, c'est au gouvernement de s'occuper de cela ; nous ne payons pas les impôts pour rien, et Dieu sait si nous en payons ! Soyez-en sûrs, le mal vient de ce que, depuis la chute de l'aristocratie, les gens au pouvoir sont des incapables qui ne comprennent rien aux choses de l'esprit ; ils flattent le peuple et voilà tout.

Le romancier approuvait ces déclarations. Il était évident pour lui que les chefs d'Etat ne remplissaient pas leur devoir, puisqu'ils négligeaient les artistes et les savants.

Toung Tchi reconnut que, sur ce point, le gouvernement avait bien des reproches à se faire. Cependant, ajoutait-il, cette fois, il a dû marcher. A vrai dire, c'est en rechignant qu'il a fourni les fonds nécessaires, mais il les a fournis et l'Institut, quelques jours plus tard, nous chargeait d'identifier l'emplacement de la ville de Paris.

Sans perdre de temps, nous nous sommes mis à l'ouvrage. D'abord, nous avons compulsé les vieux écrivains chinois et français. Ensuite, grâce à leurs indications, par des calculs ingénieux, trop longs à expliquer, nous sommes parvenus à déterminer, sur le bord d'un fleuve, s'il est permis de donner ce nom à un cours d'eau, qui, à côté de notre Yang Tse Kiang, serait un ruisseau, l'endroit précis où gisait la capitale détruite. Cette découverte fut tout à l'honneur de la science chinoise, et les journaux, pour une fois raisonnables, ne nous ont pas ménagé les éloges.

Ce premier succès ne nous endormit pas comme de l'opium. Nous résolûmes de commencer les fouilles immédiatement. Alors les difficultés surgirent. Il nous fallut exproprier les terres, car les paysans têtus firent preuve à notre égard d'une mauvaise volonté incroyable. Sous prétexte qu'ils en avaient besoin pour cultiver leurs choux, leurs navets et leurs carottes, ils ne voulaient pas nous céder leurs champs. Par bonheur, le gouvernement est intervenu, et nous avons acheté le terrain à un prix convenable. Ensuite ce fut une autre affaire. Le sol nous appartenait, oui, mais impossible de nous procurer des ouvriers sur place. Ces gens refusaient de travailler en faveur de la science. Lorsque nous leur offrions un salaire proportionné à nos ressources, ils prétendaient gagner davantage à bêcher leurs jardins. Vous ne vous figurez pas combien ces paysans sont exploiteurs.

Le critique Nonang Ti fit observer qu'il est très naturel à chacun de défendre ses propres intérêts. Dans une certaine mesure, s'écria Mou Tsoung, qui témoigna toute son horreur contre ces rustres incapables de sacrifice pour l'idéal. Puis, haussant les épaules, il gronda · Ça ne les aurait pas ruinés ! Ma parole d'honneur, ce n'est vraiment pas la peine de dépenser tant d'argent pour instruire des gueux et n'obtenir qu'un si mince résultat. Une telle avarice me révolte !

En prononçant ces dernières paroles, il laissa retomber ses mams inertes, sur ses cuisses, dans un geste de découragement.

Toung Tchi, qui se délectait de cette indignation, démontra que, règle générale, les paysans, partout, sont ladres et cupides. Alors, content d'avoir trouvé ce mot ladre, qui, lui semblait-il, avait un son méprisant, il continua son récit : Enfin nous avons réussi à nous entendre avec ces ladres. Les fouilles furent entreprises, non pas au hasard, suivant la pratique malheureuse de certains ignares de bonne volonté, mais d'après une méthode rigoureusement scientifique. Nous avons creusé des puits, ouvert des tranchées, avançant avec précaution, grattant les pierres, criblant la terre, de peur qu'aucun objet ne nous échappât. Ce fut une œuvre de patience récompensée par des trouvailles d'une valeur extraordinaire. Je ne vous dirai rien des monnaies, des bijoux, des cuillers, des fourchettes, des vases et autres menus objets que vous admirez dans les vitrines de tous nos musées. A côté de cela, il y eut les grandes découvertes. Une année, c'étaient des statues admirables, des ruines de palais et de temples ; une autre année, c'étaient des colonnes immenses et des arcs de triomphe ornés de sculptures magnifiques, prouvant que ces peuples barbares n'étaient pas absolument dépourvus de sens esthétique. Les journaux qui vous renseignaient sur notre œuvre vous ont appris que nulle exploration, jusqu'à présent, ne nous avait acquis de pareilles richesses. Néanmoins, je puis vous certifier que ces merveilles ne sont rien en comparaison des documents, qui, par un bonheur inouï, me tombèrent sous la main.

A partir de ce moment, Toung Tchi s'anima ; sa voix s'enfla, ses gestes s'élargirent et son visage devint triomphant. Il disait : En effet, quand mes collègues désirent donner l'impression du succès de leurs fouilles, tout ce qu'ils peuvent faire pour animer un peu leurs froides dissertations, c'est de vous montrer en projections photographiques des tombes béantes où gisent des ossements épars, des monuments écroulés dans un site de désolation, ou bien encore des inscriptions mutilées sur des pierres jonchant le sol.

Moi, demain, je n'étalerai pas sous vos yeux des débris d'architecture ou de sculptures qui ne servent qu'à des essais de restauration que vous autres critiques (de la main il désignait Nonang Ti), vous démolissez impitoyablement. Je ne vous apporterai pas de ces hypothèses que les sceptiques se refusent à regarder comme certaines ; ce que je vous ferai voir, moi, c'est la plénitude d'une civilisation épanouie dans un décor qui semble surgir comme à un appel de féerie, c'est le réveil fantastique d'une cité endormie depuis deux mille cinq cents ans, c'est l'exhumation palpable, tangible de la décadence occidentale, avec l'attirance captivante qu'on éprouve à reconnaître, sur le visage des derniers convives de l'orgie européenne, l'empreinte des angoisses de leur époque. Grâce aux documents que j'apporte, le passé s'évoque lumineux, la vision en est absolue, et les personnages millénaires semblent sortir de leurs tombeaux, se dresser devant vos yeux pour vous crier · Voici comment nous avons pensé, voici comment nous avons vécu.

Mou Tsoung était enthousiasmé ; ce sera une véritable révélation, affirmait-il, et je brûle de vous entendre. Vous aurez, demain, un auditoire d'élite. Les personnes riches et nobles de Pékin, qui ne manquent jamais d'assister aux séances de l'Académie, applaudiront à votre triomphe ; je vous envie.

Tandis que le maître de la maison s'exprimait ainsi, Nonang Ti laissa tomber, par mégarde, un de ses gants. Tout en se baissant pour le ramasser, il chuchota ces mots à l'oreille du romancier : Sa phrase n'est peut-être pas très correcte, mais il est éloquent lorsqu'il parle de la science, c'est-à-dire de lui. Sin Djen, comme s'il eût été gêné par son col, remua sa tête inclinée afin de sourire en cachette, et le critique se redressa, gardant une gravité menteuse que son regard malicieux contredisait.

Cependant, Madame Ta Tsing renchérissait sur les éloges de son mari et le bonze, avec des gestes à la fois onctueux et doctoraux, prouva que dire tout de suite, ce dont les journaux sérieux, déjà le lendemain, entretiendraient le public, ne constituait pas, à proprement parler, une indiscrétion réelle, d'autant plus que le secret ne serait pas violé.

Toung Tchi gardait un air perplexe; pour le sortir d'incertitude, Madame Ta Tsing lui jura qu'il pouvait compter sur un silence marmoréen.

L'archéologue, heureux de la violence qu'il éprouvait, crut devoir résister encore un peu avant de répondre : Oui, vous avez raison ; nous sommes dans l'intimité ; et des confidences, même imprudentes, ne m'occasionneront pas, aujourd'hui, de graves inconvénients. D'ailleurs, il est entendu que rien de ce que je vais raconter ne sortira d'ici, avant la lecture de mon rapport.

Tous firent de la tête un signe d'approbation et Madame, lui garantissant, d'une voix aiguë, qu'il pouvait être tranquille, accompagnait ses paroles d'un sourire d'encouragement et de reconnaissance.

Alors Toung Tchi, le regard fixe devant lui, passa, durant quelques secondes, les doigts sur sa moustache, puis il aborda son récit en ces termes :

— Pour champ d'investigation, j'avais choisi, près des berges du fleuve, un endroit où souvent, du moins un vieux paysan le prétendait, le soc de la charrue avait heurté les débris d'une ancienne construction. Je fis opérer des sondages et bientôt les ouvriers en creusant aboutirent au beau milieu d'une voûte en maçonnerie.

Vous aviez du flair, s'écria le romancier.

Toung Tchi, digne et modeste, répartit :

Il en faut aux archéologues ; c'est même notre vertu cardinale. Mais je reviens à nos fouilles. Tandis qu'elles avançaient lentement, je me perdais en conjectures sur cette longue voûte. Etait-ce un tunnel ? était-ce un égoût ? Je penchais vers la dernière alternative, et j'éprouvais l'envie folle de pratiquer une ouverture dans cette paroi mystérieuse. Je devinais qu'il y avait, là derrière, des trésors inestimables, et je regardais avec obstination ces briques opaques, comme si réellement mes yeux avaient eu le pouvoir de les trouer ou de les rendre diaphanes.

Le déblaiement nous livra uue foule d'objets capables d'enorgueillir un grand musée, mais qui, à mon avis, ne sont rien en comparaison de ma découverte. En effet, au bout de quelques jours, nous avons rencontré un escalier conduisant à une porte obstruée par d'énormes pierres. Dès que l'ouverture fut assez dégagée pour me livrer passage, j'introduisis d'abord ma petite lanterne, ensuite, j'avançai prudemment la tête afin d'explorer le sol. Constatant qu'il n'y avait pas de chute a craindre, j'entrai seul avec précaution ; je tenais à pénétrer le premier sous cette voûte. J'éprouvais, je dois en convenir, un certain malaise, aux premiers pas dans l'ombre et l'inconnu ; je fus même obligé de m'arrêter. Certes, je n'avais pas peur ; cependant, je me sentais les nerfs inquiets, les jambes molles et le front serré, comme si d'invisibles ennemis, embusqués dans ce trou noir, eussent été prêts à me bondir à la gorge. Cette impression violente et confuse ne persista pas. Peu à peu, mes yeux s'accommodèrent aux ténèbres et bientôt, des formes vagues se dessinèrent lentement. Mais imaginez-vous mon émotion, lorsque j'aperçus, dans cette vaste salle, des milliers de livres alignés sur des rayons de bois, imprégnés, depuis je m'en suis rendu compte, d'une solution antiseptique.

Je crus d'abord que j'étais dans une bibliothèque; le cœur me battait, je vous le jure, je suffoquais. Quelques instants plus tard, revenu de mon trouble, je me mis à promener ma lanterne devant ces volumes; ils portaient presque tous le même titre; d'où je conclus que j'étais dans la cave d'un libraire éditeur. Alors j'essayai de tirer un livre pour l'examiner; pft! il s'effrita. J'essayai d'en tirer un second, puis un troisième, puis un quatrième et tous s'effritèrent.

Pendant qu'il racontait ces faits, Toung Tchi mimait ses paroles. Il étendait le bras à moitié; son index s'élevait et s'abaissait doucement comme s'il se fût enfoncé dans un corps friable. Ensuite, sa voix se fit haletante lorsqu'il prononça ces paroles : Je ne saurais vous dire combien j'étais ému; mon âme se déchirait, elle se décomposait. Mes mains tremblèrent, et la lumière qui montait et descendait le long des murs par suite de l'agitation imprimée à la lanterne me parut effrayante. Je supputais qu'il y avait là, sous cette voûte, de quoi faire la gloire de mille archéologues et tout cela s'effondrait devant moi, comme par une espèce de moquerie abominable.

Malgré mon désespoir, je poursuivis mes recherches. J'avançais péniblement, le cerveau vide et je posais machinalement mon index sur chaque volume, et chaque volume, semblable à une cendre qui a conservé la forme d'un rondin lentement consumé, cédait à la moindre pression. J'avais froid et je suais en même temps.

A ces mots l'archéologue s'interrompit, les sourcils froncés pour indiquer une émotion renouvelée dans toute son intensité.

Mou Tsoung, les paupières relevées, tournait la tête à droite et à gauche avec un air de commisération profonde. Il semblait dire : Est-ce possible ? Pauvre ami, que vous avez dû souffrir, je vous plains.

Toung Tchi, content de l'impression produite, reprit d'un ton dégagé : Soudain mon doigt rencontra un livre résistant. Des frissons me coupèrent le souffle. En prononçant ces mots, il tenait le bras tendu, l'index immobile et raide, comme s'il eût pesé sur un objet solide. Ensuite il ajouta : C'est curieux cette sensation de résistance, quand tout, jusqu'alors, a cédé sous vos doigts. Vite, j'avance la tête, j'examine de plus près et je tire un volume, puis un second, puis un petit opuscule. Je ne compris rien d'abord à ce phénomène de conservation. Je me l'expliquai plus tard quand je découvris que ces ouvrages étaient imprimés sur un papier du Japon. Ils avaient résisté à l'action des siècles, tandis que les autres, sur papier européen, n'étaient plus que de la cendre. Ce fait prouve combien notre industrie, à cette époque reculée, était déjà supérieure à celle des Occidentaux.

Toung Tchi certifia qu'il ne signalait pas ce détail par orgueil patriotique, mais par amour de la vérité historique. C'est pourquoi, sans insister davantage, il suivit immédiatement le fil de sa narration. Je vous assure, disait-il, que je me sentais heureux à ce moment-là ! Il me semblait que j'avais du feu au visage, j'éprouvais le besoin de marcher, de donner des coups de poing, d'embrasser quelqu'un. Malgré cet état d'exaltation, je ne ralentis pas mon zèle, et je ne mis fin à mes recherches qu'au moment où je fus certain qu'il n'existait pas d'autre volume intact. Alors je photographiai la cave aux flammes de magnésium, et j'emportai chez moi ma précieuse trouvaille. Chose étonnante, je ne regrettais plus, je ne sais pourquoi, que le reste des livres fût perdu pour la science. Je n'avais qu'une préoccupation, connaître ce que ces feuillets noirs et jaunes cachaient depuis si longtemps.

J'employais la soirée à les parcourir à la hâte, sautant par dessus les expressions et les phrases dont le sens m'échappait. Je lus ici et là, au hasard, par attrait, par plaisir, et quand j'eus l'idée de consulter ma montre, il était une heure du matin. Aussitôt, je me mis au lit; mais impossible de dormir. Le sang qui me battait la tempe contre mon oreiller me tenait en éveil. Enervé par la fièvre, je me tournais et me retournais dans mes draps. Bientôt je rallumai ma lampe et je repris ma lecture qui dura jusqu'à l'aube. A ce moment, je n'avais plus de doute sur l'importance de ma découverte et je m'endormis enfin d'un sommeil étincelant de rêves papillotés.

Les jours suivants, mes collègues, les autres archéologues, me rendirent visite; leur curiosité était excitée; ils désiraient savoir ce que j'avais trouvé. Je les conduisis dans la salle voûtée et tous, à la vue de ces amas de poussière, se crurent obligés de me plaindre; mais, à travers leurs doléances, je distinguais très bien leur joie. Ils s'égayaient de ce qu'ils croyaient être ma déconvenue. C'est pourquoi, je résolus de garder le silence et de ne parler ni à eux ni aux journalistes, me réservant de prendre une vengeance éclatante et de rire à mon tour de leur désappointement; n'avais-je pas raison?

Tous, excepté le critique, s'écrièrent : C'est bien fait pour eux, c'est bien fait. L'archéologue, réconforté par cette approbation, s'exprima dès lors d'une voix plus calme. Il disait : Durant mes heures de loisir, je traduisis ces deux ouvrages. C'était difficile, je vous l'assure. La lecture suivie en était lourde et pénible comme celle d'une œuvre scientifique. Je passe pour posséder assez bien la langue française : pourtant, j'étais arrêté à chaque page par des difficultés sans nombre. Mais aucun obstacle ne me rebutait. Jour et nuit, je travaillais avec acharnement; à mesure que j'avançais, je voyais la gloire venir à ma rencontre et j'étais encouragé par cette idée : bientôt les savants japonais seront forcés de proclamer mon mérite et même les professeurs de gymnase, s'ils s'occupent un peu de l'antiquité française, ne pourront pas ignorer mon nom, sans honte.

Penser de telle façon n'était point une fatuité de ma part; j'avais devant moi, sur ma table, l'œuvre d'un écrivain nommé Zola, et cette œuvre n'est pas autre chose que la peinture complète et fidèle de la vie parisienne, il y a deux mille cinq cents ans. En la publiant, je produirai une révolution violente, non seulement dans nos connaissances historiques, mais encore dans la philologie, car ces volumes renferment une foule d'expressions qui ne sont mentionnées dans aucun dictionnaire et parfois les mots y prennent une signification toute différente de celle que nous leur attribuons. Ainsi, nos savants sont persuadés que le mot rampe indique un terrain en pente, une inclinaison et s'applique seulement aux routes, aux balustrades d'escalier, aux lumières éclairant une scène ; eh bien, ils ont tort; Zola dit : la rampe d'un balcon.

Le critique Nonang Ti profita du moment où Toung Tchi reprenait haleine pour glisser cette remarque :
— Peut-être, cet auteur écrivait-il en mauvais français.

— Allons, allons, reprit l'archéologue, si ces livres étaient mal écrits, ils n'auraient pas eu jusqu'à cent-soixante éditions comme le prouve une réclame imprimée sur la couverture de l'ouvrage. D'ailleurs, peu nous importe, à nous autres archéologues, que Zola écrivît bien ou mal ; ce qui nous importe, ce sont les faits, ce sont les idées, c'est la vérité historique. Or, les faits racontés par l'écrivain contredisent toutes nos notions de l'antiquité. Tenez, quelle idée concevez-vous des Parisiens d'il y a deux mille cinq cents ans ?

Comme il interrogeait chacun du regard, le romancier Sin Djen lui répondit ·

C'est bien simple, on nous l'a répété maintes fois à l'école : les Parisiens étaient vantards, légers, prétentieux, méprisants pour les étrangers, souvent spirituels et fins.

Eh bien ! riposta Toung Tchi, ouvrant les bras et baissant par degré la tête à chaque syllabe qu'il martelait : Tout cela est absolument faux.

L'archéologue se carra dans son fauteuil et, silencieux un instant, savoura l'étonnement de ses auditeurs avant d'ajouter : C'est aujourd'hui l'enseignement reçu partout, je le sais, et tout le monde l'accepte avec une entière confiance. On s'appuie sur une tradition immémoriale, fortifiée, j'en conviens, par des indices captieux.

Les grands coupables dans cette affaire, ce sont les numismates. Ce sont eux qui nous induisent à croire que les Parisiens étaient vantards. Ils nous montrent, sur des monnaies françaises, un coq dominateur, qui, dressé sur ses ergots tendus, la queue érigée en panache, le ventre orgueilleux en avant, la tête droite, la crête haute, chante ses bonnes fortunes à tous les poulaillers d'alentour. Naturellement les historiens concluent: Voilà le symbole du peuple français! Eh bien! leur conclusion est fausse.

Ces mêmes numismates nous présentent une autre pièce d'argent d'un art exquis; aussitôt, ces mêmes historiens s'exclament : Voyez, disent-ils, la prétention de ces Parisiens! Pour eux, la France est une femme élégante, de belle allure, semant à pleine main, sur tous les peuples ignares, des idées nouvelles, indiquées par un radieux soleil qui se lève. Eh bien, cela, comme d'ailleurs tout le reste, à la lumière impartiale de la science historique, est absolument faux, absolument faux. Je vais vous le prouver, non pas par des déductions subtiles, mais par la simple analyse des deux livres que j'ai découverts.

Le dos bien appuyé, les jambes étendues, les coudes sur les bras de son fauteuil et les mains jointes à la hauteur du menton, Mou Tsoung félicita l'archéologue de son travail, une vraie gloire pour la Chine. Le bonze approuvait, Madame Ta Tsing minaudait en souriant, tandis que le critique, de fâcheuse humeur, grommelait des mots incompréhensibles.

Toung Tchi accepta religieusement tous les éloges avec un visage rayonnant de modestie, puis il donna les explications suivantes ·

Des deux volumes que j'ai retrouvés, l'un est intitulé *L'Assommoir,* l'autre *Pot Bouille.* Le premier dépeint minutieusement la vie des ouvriers à Paris, le deuxième l'existence des riches bourgeois sous le second empire des Napoléons.

Dans *L'Assommoir,* Zola décrit une immense maison à six étages, avec plusieurs escaliers, de longs corridors et des chambres dont la plupart s'ouvrent sur les puanteurs d'une cour aux murs noirs et lépreux. Un grand nombre d'ouvriers l'habitent avec leurs femmes et leurs enfants. Tous vivotent dans la saleté, la luxure et la misère. Ceux qui ne sont pas d'une avarice inhumaine et d'un égoïsme odieux, s'enivrent régulièrement, bâfrent lorsqu'ils ont de l'argent, et meurent de faim dès qu'ils sont incapables de travailler ; les moins à plaindre expirent à l'hôpital. Leur unique consolation, c'est l'alcool, car leur religion se réduit à peu de chose. Parce que c'est la mode, ils font une première communion à douze ans, et plus tard, se marient devant un curé qu'ils détestent. Leurs autres pratiques de piété consistent à placer un rameau de buis dans de l'eau bénite près des morts qu'ils veillent en buvant. Si par hasard ils demandent une messe d'enterrement, c'est pour exaspérer la jalousie de leurs voisins. Ils sont pauvres, malheureux, et chose presque incroyable, pas un prêtre ne les visite, pas une âme charitable ne monte dans leurs taudis pour les soulager. Zola ne cite pas une seule de ces sociétés de bienfaisance si multipliées chez nous; d'où il faut conclure que les Parisiens n'en formaient pas.

Alors Madame Ta Tsing, sans même avoir réfléchi, lança ces paroles qui partirent de sa bouche comme un noyau de cerise, pincé entre deux doigts :

— Ils avaient bien raison ! Les pauvres et les ouvriers sont des ingrats. Ainsi tenez, moi, je me suis occupée des servantes, car maintenant, c'est une véritable calamité : on ne trouve plus ni cuisinière, ni femme de chambre, ou bien il faut leur payer des gages exorbitants.

Pour remédier à ce mal, j'ai fondé une société dont je suis la présidente. Nous nous engageons, moyennant une légère cotisation des maîtres, à donner à chaque fille de service, après cinq ans passés dans la même maison, un diplôme, après dix ans, une broche de trois francs, après vingt ans une montre qui nous coûte quinze francs.

J'agissais évidemment dans leur intérêt. C'est de ma part un véritable sacrifice. Je dois, dans des réunions, lire un rapport annuel composé par la secrétaire ; je suis obligée de me mêler à de petites bourgeoises et de les traiter en égales, ce qui me met très mal à l'aise quand je les rencontre dans la rue et que je ne veux pas les saluer. Je dépense donc mon temps et mon argent. Savez-vous quelle est leur reconnaissance ? Elles me quittent toutes. Une seule m'était fidèle : j'ai dû la congédier ; elle était maladive ; vous comprenez que je ne me souciais pas de payer un médecin pour une personne qui, en somme, ne m'était rien.

Ah ! les Parisiens avaient bien raison ; on perd sa peine à protéger ces filles. Nous voulons leur bonheur, elles ne nous écoutent pas. C'est en vain qu'on essaye de les prendre par le cœur et l'amour-propre. On a beau leur citer l'exemple de celles qui, autrefois, se louaient à la journée afin de nourrir leurs maîtres devenus pauvres ; on a beau, dès qu'une vieille domestique meurt après avoir servi toute sa vie dans une même famille, publier son éloge dans les bons journaux, rien n'y fait ! Les femmes d'aujourd'hui n'ont plus l'esprit de dévoûment.

Vous le voyez, les riches, incontestablement, font tout pour résoudre la question sociale, mais les pauvres résistent. Une telle sottise et une telle ingratitude vous dégoûtent : Pour ma part, s'il n'y avait pas la récompense du devoir accompli comme fondatrice et présidente d'une œuvre humanitaire, sans mentir, je m'épargnerais tant de tracas et tant de corvées inutiles.

Elle avait prononcé toutes ces phrases d'un seul trait, avec une voix d'oie effrayée. Brusquement les muscles de son visage se détendirent ; elle eut un regard câlin en murmurant, la tête inclinée du côté de Toung Tchi :

Pardon de vous avoir interrompu si longtemps, Monsieur ; c'était plus fort que moi, je devais sortir ce que j'avais sur le cœur, et je le répète, les Parisiens avaient raison de ne pas s'occuper de ces gens-là.

L'archéologue, frémissant d'impatience durant ces récriminations, avait essayé deux fois, mais en vain, de reprendre la parole; il traitait intérieurement Madame Ta Tsing de bécasse, ce qui ne l'empêcha pas d'être gracieux en répondant :

— Madame, je n'ai rien à vous pardonner, votre indignation est très compréhensible; vous nous avez montré qu'il est difficile aujourd'hui de faire le bien et votre expérience nous a renseignés sur un sujet plus actuel que le mien. C'est moi qui vous dois des excuses; j'accapare votre attention, j'abuse de votre indulgence et peut-être que je vous fatigue.

Aussitôt, chacun protesta et Madame Ta Tsing répartit d'une voix alourdie de reproches : Oh! Monsieur, que dites-vous là? Nous sommes trop heureux de vous écouter, et je serais au désespoir si, par ma faute, vous ne continuiez pas.

Toúng Tchi, réconforté par cette instance qu'il avait prévue, ne feignit plus la moindre indécision. Puisque je ne vous ennuie pas, dit-il, j'achève la description faite par Zola de cette immense maison ouvrière : Dans la cour empuantie, grouillent de nombreux enfants vicieux qui, mal peignés, mal mouchés, poussent comme des champignons. Les petites filles polissonnent avec les garçons et injurient leurs parents qu'elles abandonneront bientôt pour se livrer à leurs instincts mauvais.

Il y a cependant une exception, c'est une fillette de huit ans. Pâle et sérieuse, elle est plus raisonnable qu'une grande personne ; excellente ménagère, elle est d'une propreté méticuleuse ; elle raccommode avec habileté les vieilles hardes, elle soigne son petit frère et sa petite sœur comme une vraie bonne maman, elle excuse son père qui la tue à coups de fouet, puis, un jour, elle sent venir la mort ; elle se couche et d'une voix caressante, avec une inconcevable lucidité d'esprit, elle adresse des recommandations à son ivrogne de père dont on ne punit pas le crime, car les agents de police sont stupides et pas un médecin ne visite les morts.

C'était un ange et pourtant nul ne lui donnait le bon exemple, puisque, dans cette maison, toutes les femmes, mariées ou non, sont menteuses, coquines, paresseuses, jalouses et gourmandes. Elles s'insultent, se reprochent leurs défauts, se brouillent et se réconcilient ensuite pour tenir, même devant leurs enfants, des conversations d'une immoralité révoltante.

Cette dernière phrase alluma les yeux du noble Mou Tsoung qui, d'un mouvement brusque, pencha son buste en avant et posa cette question : Que disaient-elles ?

Aussitôt Madame rougit décemment, abaissa les paupières et prenant un air distrait, ouvrit les oreilles. Elle éprouva une surprise à peu près désagréable, lorsque, du coin de l'œil, elle vit l'archéologue se gratter la tempe et répondre avec un sourire grivois : Ecoutez, Monsieur, ce sont des choses qui se disent en français et non pas en chinois. J'oserais encore moins vous traduire les expressions en usage parmi les hommes. Ceux-ci, très libres dans leurs gestes et dans leurs paroles, abêtis par l'eau-de-vie, étaient tous ou presque tous des brutes et des lâches. Voleurs, suant la misère, ils détestaient leurs patrons, torturaient leurs enfants et tuaient leurs femmes à coups de pied dans le ventre.

Oh! quelle horreur! s'écria Madame Ta Tsing. Son mari la calma par ces mots : — Tu sais bien, ma chérie, que chez le peuple, c'est toujours comme cela; mais n'interromps pas sans cesse Monsieur.

L'archéologue s'empressa de reprendre : — Oui, tous étaient des brutes, cependant, je dois le confesser, car je hais les exagérations, tous ne tuaient pas ainsi leurs femmes; à dire vrai, dans l'œuvre entière de l'écrivain, il n'y a qu'un seul homme coupable d'une telle férocité. Les autres étaient des maris infidèles, souvent trompés et presque toujours alcooliques.

Zola raconte ce qui se passait le samedi soir après la paye; c'est horrible. En quelques heures, les ouvriers boivent leur salaire de quinze jours, sans souci de leurs familles qui pleurent de faim dans des logis infects, et quand, sur le matin, les cabarets, remplis de blasphèmes et de tapage, ferment enfin leurs portes, les ivrognes sortent en foule, poussent des cris sauvages, vomissent dans la rue et jouent du couteau.

Ce Paris populaire pue. Enfin, quoi ? C'était un tas d'immondices sur lequel avait crû, par hasard, une petite fleur couleur de ciel.

Le visage de Mou Tsoung s'était ridé d'indignation. Le coin des lèvres rabattu, le noble Chinois manifestait sa répugnance à voix comprimée. Le peuple, disait-il, est partout le même, il n'a rien d'élevé; il est écœurant.

Ces gueux ont des mœurs infâmes et des goûts de crapule. Mécontents de l'ordre traditionnel, jaloux des classes supérieures, ils regardent la société comme une vaste injustice. Ils ne comprennent pas que le secret du bonheur consiste à regarder plus bas et non plus haut que soi. Ils seraient heureux s'ils prenaient leur sort du bon côté; mais non, ce sont des fainéants envieux qui ne songent qu'à boire et à manger.

Tandis qu'il achevait cette phrase, ses épaules, dans un geste de mépris, s'élevaient et s'abaissaient au-dessus de son ventre largement étalé; le bonze et le romancier approuvaient à l'unisson par de vibrants : ça, c'est vrai, ça, c'est vrai, et le critique, désireux de cacher un sourire narquois, se caressait le bout du nez.

Toung Tchi renforça légèrement sa voix pour annoncer une brève analyse du second volume de Zola. Tous se turent aussitôt, et l'archéologue s'exprima de la sorte :

D'après *Pot Bouille,* les riches bourgeois parisiens sont encore pires que les ouvriers. Ils habitent, dans un autre quartier de la ville, une maison magnifique. Deux petits amours déroulent un cartouche sur le fronton de la porte lourde et monumentale. Des balcons, soutenus par des têtes de femme, animent la façade dont les fenêtres sont ornées d'encadrements compliqués. A l'intérieur, c'est un luxe violent, des dorures à profusion. Tout paraît en marbre, en acajou, en fer forgé. Des tapis rouges, maintenus par des tringles de cuivre brillant, assourdissent le bruit des pas dans les escaliers. Le gaz éclaire tous les étages, dont les corridors, en hiver sont chauffés. Tout indi   l' ulence. Cette demeure est solennelle, silencieuse, recueillie ; on dirait une chapelle abritant la vertu. Toutefois, les sculptures sont du carton-plâtre, le marbre n'est qu'une peinture et le fer forgé se trouve être de la fonte.

Cette espèce de palais est faux, trompeur, hypocrite, comme ceux qui l'habitent.

Dans cette maison dont le concierge chasse avec un dédain aristocratique les ouvriers honnêtes, on exige une décence extérieure parfaite. C'est là que vivent des rentiers, des juges, des commerçants, des dévotes, des architectes et des fonctionnaires de l'Etat ; tous soutiennent la religion, défendent l'ordre, professent le spiritualisme et affectent une grande pureté de mœurs. C'est la façade, à l'intérieur tout est faux.

Du rez-de-chaussée jusqu'aux mansardes où dorment les domestiques voleuses, bavardes et corrompues par leurs maîtres, l'adultère et le vol sont installés à chaque étage sans exception. Pas de véritable famille ; c'est un crime pour une mère, non point de se mal conduire, en secret, bien entendu, mais d'avoir plus de deux enfants. Les femmes sont sottes ou perverses, les hommes malhonnêtes ou ridicules. Ces bourgeois ont le culte de l'or et des plaisirs faciles.

Le juge proclame la nécessité d'enrayer le libertinage, il glorifie l'idéal, il s'attendrit à la seule idée de la famille, et, marqué au front par la débauche, il consacre des sommes énormes à l'entretien d'une ribaude qui le mène en laisse et se moque de lui. Ce féroce gardien de l'ordre social escroque adroitement un héritage et s'entend dire en face : « Vous envoyez aux galères des gens moins criminels que vous. » L'architecte est un athée, mais pour englober dans sa clientèle le clergé naïf, il cloue à toutes les parois de son appartement des images de sainteté.

Les autres ne valent pas davantage ; ils sacrifient à l'argent et leurs fils et leurs filles, ils les initient même au vice si l'intérêt du coffre-fort l'exige. Tous sont égoïstes, menteurs, cancaniers et hypocrites, tous se détestent et néanmoins observent entre eux les formes d'une politesse exquise. Tous font des marchés et des compromis malpropres et tous s'indignent vertueusement des canailleries des autres. Ils n'ont qu'un respect, celui des riches ; qu'un mépris, celui des pauvres.

Et pour voiler leurs turpitudes, ils se servent d'une religion commode ; ils assistent parfois à la messe le dimanche et reçoivent régulièrement dans leurs salons des prêtres, qui, hautains et durs devant les ouvriers, encouragent, par de lâches complaisances, les passions ignominieuses de cette société faisandée.

Un seul homme dans cette maison est honnête. C'est un romancier, honni de tous les bourgeois, parce qu'il décrit leurs mœurs infâmes.

L'archéologue, à ces mots, étendit les deux bras, la paume des mains tournée vers ses auditeurs et conclut : Enfin quoi ? C'était un tas d'immondices couvert de neige ; rien n'y poussait, et voilà le Paris d'il y a deux mille cinq cents ans.

En achevant cette phrase, il se renversa dans son fauteuil et promena ses regards autour de lui.

Le bonze, les yeux levés vers l'angle du plafond,

murmura dans un soupir : Ce n'est pas étonnant que la colère de Dieu se soit appesantie sur ce peuple; et Mou Tsoung souligna son étonnement par cette remarque judicieuse : Cependant, il faut avouer que ces Parisiens étaient déjà bien civilisés.

Alors Toung Tchi, prévenant le critique toujours prêt à objecter, émit cette opinion aussi loyale que spontanée : Il nous manque l'aristocratie pour avoir la nation entière, c'est malheureusement vrai, mais cette lacune qu'un jour on comblera peut-être, n'enlève rien à la solidité de ma démonstration, car c'est un fait avéré que l'aristocratie, dans les sociétés d'autrefois, était encore plus dépravée que la bourgeoisie et le peuple.

Il développa longuement cette dernière pensée, apporta des preuves tirées des auteurs anciens et cita le témoignage de savants authentiques. Lorsqu'il eut convaincu ses auditeurs, il fit, sans la moindre fausse modestie, la déclaration suivante : Au moment de partir pour l'Europe, je me disais bien : il faut que tu fasses progresser la science ; toutefois, je l'avoue, je n'espérais pas un pareil succès ; car enfin, je ne crois pas me tromper, ma découverte provoque certainement, comme je vous l'annonçais, une véritable révolution dans l'histoire ; elle bouleverse toutes nos connaissances de l'antiquité française. On ne dira plus désormais : Les Parisiens étaient vantards, légers, prétentieux, méprisants pour les étrangers, souvent spirituels et fins. Cette légende est démolie, entièrement démolie. On ne se croit pas le premier peuple du monde quand on a de tels vices et qu'on le reconnaît. N'êtes-vous pas de mon avis? On n'est ni vantard ni léger quand on accepte, sans protester, qu'un écrivain étale ainsi vos turpitudes, c'est évident! On vous a enseigné que les Parisiens étaient spirituels et fins!

A ces mots, il agita ses mains au-dessus de sa tête et dit en riant : Ah! ah! voilà encore une légende que Zola détruit. De fait, les Parisiens étaient stupides. Dans leurs salons, ils chantaient pendant deux ans le même morceau de musique, ils débitaient sans cesse les mêmes plaisanteries, ils s'adressaient toujours les mêmes compliments; ils étaient incapables d'inventer quoi que ce fût. Voyons, franchement, quand un peuple ne conteste pas son irrémédiable imbécillité, peut-on raisonnablement l'accuser d'être prétentieux jusqu'à se croire la lumière du monde, et mes déductions ne sont-elles pas logiques, absolument logiques?

Tous, à part Nonang Ti, félicitèrent tour à tour l'archéologue. Les uns l'entretenaient de sa gloire future, les autres de la déconvenue de ses collègues envieux, et Sin Djen guetta le premier instant de silence pour attester que Toung Tchi était un penseur d'une logique indéfectible.

Nonang Ti, accoudé sur le bras de son fauteuil, la joue posée sur sa main, sans bouger la tête, tourna les yeux vers le romancier, puis d'une voix placide et goguenarde, lui adressa cette question : Vous croyez?

Comme chacun le considérait avec étonnement, il ajouta : J'ignore si jamais personne n'a protesté contre les écrits de Zola, par conséquent je me tais sur ce point; je veux simplement vous rappeler que dans tous les pays, il y a toujours un mélange de vice et de vertu, d'intelligence et de sottise. Je vous concède que la proportion varie, néanmoins la différence n'est pas énorme. Partout on rencontre des hommes bons, des hommes mauvais, et un grand nombre d'hommes médiocres; partout on rencontre des hommes intelligents, des hommes stupides et un grand nombre d'hommes médiocres; on ne sort pas de là. Une maison, par hasard, peut bien n'être habitée que par des gens bêtes et malhonnêtes, mais il me répugne d'admettre que toutes les maisons de Paris fussent semblables à celle décrite par votre auteur.

— Ah! pardon, répartit l'archéologue, vous êtes dans l'erreur. Zola, pour que sa pensée fût plus concentrée, plus claire, plus précise, a mis ces paroles sur les lèvres d'une servante, à la fin de son ouvrage; je cite : Prenez celle-ci.... il s'agit des maisons.... prenez celle-ci, prenez celle-là, c'est.... non, je n'ose pas vous donner le reste de la traduction.

Mou Tsoung insista ; voyons, disait-il, pourquoi ne pas oser ? Nous faisons ici de la science ; vous n'avez pas à vous gêner ; nous ne sommes plus des enfants.

Toung Tchi, après avoir hésité quelques secondes encore, répéta : Prenez celle-ci, prenez celle-là, et disposant ses deux mains en cornet autour de sa bouche, il prononça à voix basse, mais en articulant distinctement les syllabes : « c'est cochon et compagnie ».

Madame Ta Tsing s'efforça de réprimer un sourire qu'elle cachait en regardant de côté, vers la fenêtre; Mou Tsoung riait aux éclats; le bonze se maintenait grave et le romancier admirait, à haute voix, cette expression qu'il proclamait énergique.

Dès que le bruit fut apaisé, le critique insinua que peut-être il serait imprudent de se fier en aveugle aux fables d'un homme d'imagination.

Alors Toung Tchi eut des accents de triomphe. Zola, disait-il, offre toutes les garanties de véracité. Il a contrôlé tout ce qu'il raconte. L'écrivain qui vit solitaire au second étage de la maison riche, c'est lui; il n'est pas permis d'en douter. D'ailleurs, prévoyant votre attaque, je me suis réservé une arme pour la riposte, et une arme invincible; c'est ce petit opuscule dont je vous ai parlé, vous vous souvenez?

Dans ces quelques pages, Zola dit de lui-même, avec simplicité : Je ne suis qu'un savant; pesez bien ces mots : je ne suis qu'un savant. Il n'est pas un fantaisiste, il n'est pas un rêveur de clair de lune; il ne se livre pas à des études de vague psychologie, il néglige tout ce qui est arbitraire, tout ce qui sent la fiction; sa personne ne transparaît jamais dans ses œuvres; c'est un esprit positif; il travaille en historien, d'après des documents et de nombreux documents; ce qu'il fait, c'est de la photographie et de la photographie en couleurs.

Nonang Ti objecta qu'on peut, par des artifices habiles, combiner plusieurs photographies et procurer l'illusion de la vérité; il fit observer que ces deux volumes étaient, lui semblait-il, des romans à thèse, et que les romans à thèse sont faux; il soutint prudemment que ces œuvres renfermaient des épisodes invraisemblables, par exemple, l'histoire de cette petite fille angélique; il énonça l'hypothèse que l'auteur, probablement, était un poète à sa façon, imaginant en laid au lieu d'imaginer en beau ; il soupçonna l'écrivain d'avoir publié, par bravade, ces choses indécentes et d'avoir exploité, pour de l'argent, les passions malsaines.

L'archéologue avait réponse à tout. — Voyons, disait-il, on ne dénigre pas ainsi son propre pays, sans s'attirer des procès nombreux et des châtiments sévères. Vous êtes obligé de le reconnaître vous-même, si Zola n'était qu'un menteur stercoraire, les Parisiens l'auraient méprisé, honni, conspué, mis en quarantaine. Cependant la France entière le louait et l'estimait. La preuve, la voici : Un de mes amis, membre de l'Institut, le savant Tsai Tao, vient de découvrir le sépulcre de Zola. Où pensez-vous qu'il l'a trouvé ? Dans les ruines du Panthéon, dans ce temple où, d'après une tradition, les Français, défilant en pompe royale, transportaient les restes de leurs grands hommes, de ces héros irréprochables que la nation, par cet hommage, voulait immortaliser.

Ce tombeau atteste donc que *L'Assommoir* et *Pot Bouille* sont des livres de vérité ; car si Zola n'avait pas été le bienfaiteur de ceux qu'il a couverts d'ordures, la patrie lui aurait-elle été reconnaissante ? S'il fut un calomniateur systématique, un exploiteur dévergondé, comment expliquez-vous cette gloire et cette vénération ?

Le critique répartit sans s'émouvoir : Je n'explique pas, parce que je ne connais pas. J'ignore dans quelle circonstance ces honneurs lui furent décernés. Si j'étais au courant de ce qui s'est passé quand votre écrivain mourut, si des témoins oculaires et véridiques me révélaient, non pas l'œuvre littéraire de Zola romancier, mais les actes et les paroles de Zola citoyen, si je savais quelles passions agitaient la France à cette époque lointaine, je pourrais peut-être expliquer, mais je ne sais pas et je n'explique pas.

C'est votre manie à vous, archéologues doublés d'historiens, de prendre un petit fait certain pour en déduire d'immenses conclusions toujours incertaines et souvent fausses.

Ah! si dans le cas présent vous disiez : Il existe un Zola qui a écrit ceci et cela, sans affirmer que ceci et cela est vrai ; si vous disiez : Il fut enterré dans le Panthéon, sans ajouter : il y fut enterré pour tel ou tel motif, oh! très bien, très bien, nous serions parfaitement d'accord ; mais pourquoi vouloir présenter comme réels les fantômes de votre imagination, oui, pourquoi ?

L'archéologue, très sûr de lui-même, répondit en scandant chaque membre de phrase : Parce que les petits faits, comme la flamme d'une petite lampe, nous éclairent et nous montrent ce que nous connaissions mal et même ce que nous ne soupçonnions pas. Tenez, je vais vous en donner un exemple.

Les Européens, selon toute apparence, avaient coutume, quand ils construisaient un bel édifice, de sceller, à l'intérieur des fondements, une boîte de métal, qui, hermétiquement close, renfermait des monnaies et des gazettes de l'époque.

Or, un de mes amis, le savant Kouei Sarang, par un hasard que, vous autres bonzes, vous appelleriez providentiel, a retrouvé un de ces journaux qui est bien vieux puisqu'il est daté du 15 juin 1908. Cette feuille de papier bruni par les ans contient une notice nécrologique signée d'un nom absolument inconnu. A première vue, ce document est sans importance; un homme dénué du sens archéologique l'aurait laissé tomber en lambeaux, et c'eût été un malheur pour la science, puisqu'à l'heure actuelle, un seul mot de cet article insignifiant suffit à projeter, suivant l'expression reçue, un faisceau de vives lumières sur un point obscur de l'histoire très ancienne.

En effet, jusqu'à ce jour, nous étions persuadés, dans le monde de la science, que les académiciens français, au commencement du XXme siècle, avaient le torse moulé par une espèce de gilet à double queue, surmonté d'un col roide et brodé. Eh bien, nous pataugions en pleine erreur. L'auteur oublié de la courte notice dont je vous parlais, nous en fournit la preuve; il écrivait à l'occasion de la mort d'un académicien, nommé Gaston Boissier : « Avec son port de consul romain, drapé dans son habit noir brodé de palmes vertes, l'épée au côté, le tricorne à panache sous le bras, il eût apparu majestueux et solennel comme un sénateur romain, si le léger sourire, fait de bonté et de malice, qu'esquissaient ses lèvres minces comme deux feuilles de rose, n'avait transfiguré cette belle et large tête au front chenu, aux yeux rieurs, au visage orné de blancs favoris, pour l'auréoler de lumière et la pétrir d'esprit. » Donc les académiciens français, comme les sénateurs de Rome, portaient un vêtement très ample; le mot « drapé » l'indique suffisamment. Voilà, Monsieur, comment un petit fait certain corrige parfois notre érudition traditionnelle.

Le critique répondit : Vous prêtez, peut-être, trop d'importance à des phrases écrites en un style qu'à l'école on qualifie de pompier. Examinez de près le texte et vous saurez ce que c'est que du charabia ; car enfin, peut-on comparer à deux feuilles de rose les lèvres minces d'un vieillard ? Que pensez-vous de ce sourire qui transfigure une belle et large tête afin de l'auréoler et de la pétrir ? Un sourire fait de bonté et de malice qui pétrit ! Toutes ces images sont incohérentes et fausses, vous en conviendrez, et votre écrivain, avec ce « front chenu », ne semble pas connaître la signification des termes dont il use.

Dès lors, quelle valeur a le mot « drapé » sur lequel repose votre raisonnement ? Aucune. C'est pourquoi, je me permets, jusqu'à nouvelle découverte, de ne pas croire aux amples vêtements des académiciens français.

Mais voyons, murmura l'archéologue, comme fatigué par de vaines objections : Puisque cet auteur inconnu laisse entendre qu'il a vu, lui-même, à Paris, l'académicien drapé ! Si vous n'admettez pas ce témoignage, où allons-nous ? Il n'y a plus d'histoire possible ; avec votre scepticisme, vous démolissez tout et vous n'édifiez rien. Je vous le demande, à quoi serviraient les faits si nous n'en donnions pas l'exégèse. On peut même le dire, Monsieur, le fait n'est rien, l'exégèse est tout. C'est elle qui permet la théorie et c'est par la théorie qu'on forme l'opinion des hommes et qu'on les pousse à agir. Vous avez tort, croyez-moi, croyez-moi, vous avez tort ! vous voyez toujours le mauvais côté des choses, c'est dangereux, très dangereux !

Le bonze, à chaque phrase, approuvait d'un signe de tête : Parfaitement, parfaitement, disait-il.

Le critique, comprenant la vanité de ses efforts, prit le parti de se taire et contempla le bout de ses souliers. Le noble Mou Tsoung se répandit en compliments, et tandis qu'il expliquait à ses hôtes la beauté passionnante de pareils travaux, le romancier Sin Djen se pencha vers l'archéologue et, le tirant par la manche, il lui souffla cette requête à l'oreille : Pouvez-vous me communiquer la traduction de ces deux ouvrages ? Je l'utiliserai pour un roman réaliste qui sera la reconstitution fidèle et vivante de la vie parisienne il y a deux mille cinq cents ans. Du moment qu'on trouve là-dedans des choses très salées, le succès de mon œuvre serait assuré, surtout si je corse un peu le potage.

Un domestique était apparu. Les deux mains sur la couture du pantalon, la tête droite, il avait crié : Madame est servie. Tous se levèrent. Madame Ta Tsing, comme s'il se fût agi d'une longue promenade fatigante, prit le bras de l'archéologue avant de passer à la salle à manger. Le noble Chinois, arrivé près de la porte, se retourna vers Nonang Ti pour lui dire encore : Il a raison, Monsieur, vous démolissez tout ce qui n'est pas certain, c'est dangereux, très dangereux ! et le critique, qui marchait le dernier, observait le silence et faisait avec la tête des gestes de dénégation.